恒間의
詩文

꿈꾸는 평화

초간 발행 ㅣ 2003.12.1
초간 발행처 ㅣ 도서출판 아래아
복간초판인쇄 ㅣ 2015.3.5
복간초판발행 ㅣ 2015.3.10
지은이 ㅣ 김기정
발행인 ㅣ 황인욱
발행처 ㅣ 도서출판 오래

주소 ㅣ 서울특별시 용산구 한강로 2가 156-13
이메일 ㅣ orebook@naver.com
전화 ㅣ (02)797-8786~7, 070-4109-9966
팩스 ㅣ (02)797-9911
홈페이지 ㅣ www.orebook.com
출판신고번호 ㅣ 제302-2010-000029호

ISBN 978-89-94707-09-9 (03810)

꿈꾸는 평화

김기정

圖書出版 오래

"나에게 있어 시작(詩作)이란"

　보기에 따라 무모한 짓이란 것도, 다소 엉뚱한 짓이란 것도 부인하기 어렵다. 직업간 구획이 프로페셔널리즘이란 이름으로 위대한 법칙처럼 나부끼는 세상이다. 금을 넘어서는 짓은 만용에 가깝다. 그래도 이 세상이 아마추어리즘의 순수한 열정과 고백을 외면하기엔 아직 때가 이르다. 날은 아직 저물지 않았기 때문이다.

　나에게 있어 시작(詩作)이란 회색지대 속의 나를 건지는 일이었다. 세상은 지나친 양분법적 구획으로 편집된 영화와 같지 않은가? 흑과 백의 구분, 우리와 저들의 구분, 화해할 수 없는 대립과 끝없는 나뉨이 지배하는 세상은 아닌지… 이에 따라 이성과 감성의 구분도, 논리와 정서, 과학과 직관, 합리와 열정 등에 대한 우리의 이분법적 구획 또한 그러한 나뉨의 원리에 의해 장악되어 온 것처럼 보인다.

　구분되어진 둘 사이에 끝없이 넓은 평원이 펼쳐져 있거나, 혹은 수많은 다리가 걸쳐져 있는 강(江)은 아닌지 궁금할 때가 있었다. 나는 왜 두 가지 색조를 모두 띤 새가 되어 하늘을 날 수는 없는가? 너른 평원의 가운데 어딘가에, 다리 위의 어느 지점에 내가 측은하게 서 있다면 나는 어떻게 구원될 것인가? 오랫동안 풀지 못한 숙제였다. 적어도 20세기의 지독한 이성주의와 '메마르고' 냉철한 논변을 내세우는 직업에 발 들여 놓기 시작한 이래.

잃어버렸다고 생각했던 나를, 강과 들 어딘가 숨겨두었다고 생각했던 나를 다시 발견하는 일은, 사실 나 자신에 대한 용서였다. 잊지 못해 내내 꺼내보았던 가슴속 거울에 대한 나의 용서였다. 그러므로 나에게 있어 시작(詩作)이란 결국 구원을 향한 갈구였던 셈이다.

살아가면서 기록해 두어야 할 것들이 있었다. 세상을 향해 말해두고 싶은 것이 있었다. 우리가 살고 있는 이 문명세계가 결코 완제품이 아니므로. 그런 만큼 희망과 기대도 담고 싶었다. 그 형식이 논문인들 시론(時論)이건, 혹은 시이건 무슨 큰 상관있으랴…

2003년 10월
담쟁이 넝쿨이 불타는 듯
연희관(延禧館)을 덮을 무렵

1

강가에 앉아
세상 풍경을 보면

2

나는 왜, 너는 왜

3

두터운 눈 속에서
꿈을 꾸었다

4

다시 꿈꾸는 평화

1

강가에 앉아
세상 풍경을 보면

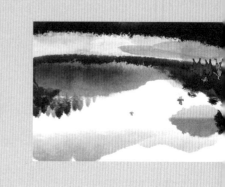

죽은 시인의 사회

시(詩)가 길어질수록
일상(日常)은 짧아진다.
시구(詩句)에 채워가는 일상의 관찰
관찰이 떠난 자리의 침묵
침묵 안에서
하루 이틀 다가서는 이별

시상(詩想)은 파편이 되고
환각의 육중한 무게가
상상을 압도한다.
허위는 두려움 속에서 풀려나와
권력처럼 군림한다.

우리가 타자(他者) 되어
- 우리 안의 오리엔탈리즘에 대한 비평을 꿈꾸다

최근, 역사를 조우(遭遇)하였다.
두려움은 공허하게 바람 속에 떨고
부러운 마음이 넘치도록 애달파서
그들의 관념을 깊이
우리는 사랑하게 되었다.

짐짓 그것이 처음에는 생경한 짓이었다.
그들의 망막에 잡힌 우리의 얼굴을
주저 없이 가려내게 되면서
마침내 우린 스스로 타자(他者)의 길로 걸어 나가
우리는 그들의 타자(他者)로서
우리를 만나려 하였다.

나는 나를 무수히 잃고
시대는 허탈하게 황망해져
도대체 우리란 존재하는지
기억조차 있는지

주인이 타자(他者)되어 고립된 시대,
환각은 엄숙한 논조로 세상을 겨누고 있다.

우리의 눈이 비워지고 저들의 눈을 닮아
타자(他者) 된 우리는
일그러진 자화상(自畵像)이 되었다.

우리 안의 거룩한 단층(斷層) 때문에
개화(開化)의 끝없는 이념 때문에
표준 잃은 눈금들이 일제히 일어나
우리의 살을 관통하면서
우린 모두 그들이 되었다.

우리가 타자(他者) 되어
우리 사이에 멀찍이 존재하는
외로운 거리만이
화석처럼 굳세게 남았다.

강(江)은 흐르는가

위대하다는 것은

사람이 사람답게 위대하다는 것은
유전자 나선구조처럼 치밀하게 작동하는
아버지의 계급구조를 판독하고도
편협해지지 않는 것
타인의 삶과 세상 작동법을 볼 때
가족사의 편린들을 끌어안고
속으로 내몰리지 않는 것
결코 안주하지 않는 것

새의 눈으로
높이 떠서 세상을 봐야 한다.

사람이 정녕 위대하다는 것은
부러움과 분노를 혼돈하지 않는 것
향상의 원동력을
천박한 욕구에서 찾지 않는 것
부러움과 계급을 그냥
불타는 증오로만 토해 내지 않는 것

바다의 푸근함으로

널찍이 세상을 봐야 한다.

사람이 진정 사람답게 위대하다는 것은
역사 속에서
버려진 폐허를 찾아내고
그 잘게 부수어진 부스러기를 안고
흐느낄 수 있는 것
안고 일어설 수 있는 힘을 가진 것
또한 가져야 하는 것

역사를 볼 때는
실눈 가늘게 뜨고
한참을 지켜보아야 한다.

국제정치서설 (國際政治序說) 1

이곳은 미개한 땅

늙은 군인의 군복 위에
이기(利己)는 훈장같이 넘실대고
국익(國益)은 절대선의 탐욕이다.

관객들은 이중 잣대의 실눈을 뜨고
서서히 방관자로 전락해 왔다.
관전평은 객관의 꼬리표를 단 채
무덤덤하다.
영웅과 범죄자는 공공연히
같은 얼굴이다.
무기력한 지식으론
명쾌한 구별조차 힘겹다.

야만은 혼돈 속에서
뿌리를 내리고
이곳에서 국가란
아, 위대하고도 전지전능한
한 줌 껍데기였다.

목숨을 바쳐라
목숨을 바쳐라
껍데기의 이름으로
목숨을 버려라

게으른 문명의 발걸음 따라
미개함은 곧 희대의 표상이 되었다.
투박한 명제는 비평되지 않고
날고기처럼 펄럭인다.

국제정치서설(國際政治序說) 2
- 현실주의와 안보딜레마의 숙명적 업보(業報)에 관하여

여기는 아직도 미개한 영토

안전과 불안전은 무덤으로 이어진 동행
나의 행복은
부질없이 그대 생명의 위협으로 맺어지는
거룩한 어법(語法)이다.

그런 세상의 구실이
다소 그럴듯한 진리인 양 앉아 있는 곳
이곳은
꾸며내는 무대 치장조차
투박하게 버려진 곳

힘의 거친 논변
힘 가진 자들의 진리
그들의 자유
그들만의 정의

보편의 가면(假面) 위로
전횡의 간주(間奏)가 시작되겠지

역사 속에서 무엇이 보편이었단 말인가

비둘기 뒤뚱거리는 걸음마다
지문처럼 찍혀 나오는
폭력의 이념

여기는 오늘도 미개한 영토

국제정치서설 (國際政治序說) 3
- 약소국의 불륜전략론의 슬픔을 논함

약자는 강자들 틈에 존재한다.
생존을 위해서라면
내 순정조차 주지 못하랴
동맹이건, 혈맹이건, 혹은
우방(友邦)의 화려한 수사(修辭)를
종교처럼 떠받들어,

얄팍한 자존심
알량한 주체도 내다 버리고
처절하게 숨어 버리자
이 거친 세상
누가 무엇을 탓하랴.

칼날을 들이미는 그대
약자에게 오직 허용된 힘은
스스로 천박할 수 있는
불륜의 전략
위대한 불륜은 이곳에서
마침내 꽃피우라.

뭐든 못하랴
때로는 강짜, 때로는 교태 짓.
이것조차 유용하다고 우겨대는
우리들 세계관도 허탈하게 위대하다.

약자의 생존은
이론적으로도
처절한 슬픔이었다.

국제정치서설(國際政治序說) 4
- 탈냉전의 오후

한 군인이 외쳤다.
지적(知的)인 눈을 굴리면서
"나에게 진정한 적은 전쟁 그 자체라네"

소비에트 연방이 주저앉고
적들이 홀연히 사라지고 난
탈냉전의 오후,
허탈해진 거인은 새로운 적들을 찾아 나선다.
지구의 곳곳을 이 잡듯
세밀히도 살피면서

아무나 걸려라
뭐라 이름 붙인들
누가 상관하랴0)
명명(命名)도 권력의 총구(銃口)에서 나온다.
그다지 어려운 일도 아닐 거야
거울에 비친 그대의 모습
그 완벽한 극사실화(極寫實畵)
악을 좇는 자들의
무리진 간악함.

야만의 유혹은
몇 바퀴 뒤로 돌아간 시침(時針)의 끝에서
불쑥불쑥 솟아 나왔다.

국제정치서설 (國際政治序說) 5
- Robert Frost '가지 않은 길' 의 정치적 실천에 관하여

불륜의 유혹을 딛고
단 한번의 깊은 명상이면
이 땅의 주름들이 나신(裸身)을 드러낸다.

(관념이 질서를 구성한다)

탐조등 아래 붉은 속살 드러내듯.
온갖 불륜과 부정이
뼈만 남은 낡은 증오와
암담했던 문명사(文明史)의 그늘로부터 기어 나와
춤추듯
노래하듯
때론 환각하듯
깨질 것은 무수히 깨어지고
떠날 것은 표표히 떠나게 하는 것.

(반복의 게으른 타성으로부터 벗어날 때
비로소 변화가 기약되는 것이다)

고개 숙인 현실주의,

마침내 막이 내린다.
비명만 남기고 가라.
가라.

내내 히죽거리는 상상으로 살아도 좋다.

강은 흘러야 한다

도시의 어둠을 딛고
제 몸의 빛을 내는 강이 있다.
파문의 사이사이로
불빛조차 부드럽게 품어내는 강
그것은 차라리 적막(寂寞)이었다.

흘러야 할 것은
단순히 흐르게 하라.
한 폭 풍경화처럼
도도하게 머물려하지 말고

우리가 미처
알지 못하고 있을 때라도
변할 것은 제때 변하고
부서져야 할 것은
좀 제대로 부서져
새로운 속살 돋아나듯
제 몸 떨면서도
강이라면 강처럼 흐르게 하라.

강 끝

어둠 어딘가 숨어 있는

바람이 나타나

부서지듯 육신을 빛내고 있는

도시의 강을

잠자코 흐르게 하라.

도시 풍경

도시는 밤마다
바람의 끝에 매달려 일어나곤 했다.
강이 끝나는 지점에서
빛을 이겨내려는
산자락의 그늘로부터
어둠이 하나둘씩
지친 도시의 어깨 위로 풀리고 있었다.

살 냄새 번지는 어둠을 뚫고
술잔에서 해일(海溢)이 인다.
파장(波長)의 간극 속에
규칙적으로 잡혀진 주름은
작은 살떨림이다.
절박한 환희라 해도
상관있으랴

나의 의식세계를 훔쳐간 온갖 무희들,
현란한 군무를
지휘하는 제병지휘관쯤으로
치장해도 좋지 않으랴

한국의 80년대는 그쯤에서
유기되었다.

나는 이념의 저편으로 가라앉고
새벽이 하루의 문틈으로
나를 밀어내는 공간에
도시는 버릇처럼 솟아 앉았다.

정치와 정치학자

정치는 늘 꾸중을 듣는다.
길 가는 행인이 되돌아서며
정치는 한심하다 말한다.
우스꽝스런 짓들이라 나무란다.

실제 그들이 즐겨 조롱하는 대상은
정치가 아니라 정치인들일 게다.
철새도 날개 접고
거대한 마력 앞에 키득거리곤 했다.
사실, 인간들이 고안했던
이 위대한 장치
그 역시 웃기게 생겨먹은 것은 아닌지

그러나 정치가 웃기는지
정치인이 웃기는지
구별조차 어려운 세상에서

나는 함부로 웃지 못한다.
그 모두 정치학자의 책임,
누가 누굴 탓하랴

부랑한 정치
음흉한 도의(道義)
정치는 요 모양 요 꼴로
사람들의 머릿속에 똬리를 틀었다.
선의와 이상(理想)은 입 속의 검붉은 혀.

비평하는 자
비평받는 자
협업(協業)의 준칙은 잘 쓰여진 대본이었다.
재생산되는 인식의 순환궤도 속에는
눈먼 지식인만
실로 그득하다.

사실(事實) 혹은 사실(史實)의 정치학

누가 사실(事實)을 말하는가
말하지 않으면
사실(史實)의 근거조차 불투명하다.
이 세상은 모두
화자(話者)의 것

이곳은
말하는 자들의 세상
말하려는 자들이 꾸며내는 세상
꾸며서 이야기하는 자들이 번식하는 세상

사실은,
그 남루한 역사조차 모두
말하는 자들의 것
기록과 또 다른 기록의 횡행

최초부터 무엇이 존재하는가
존재란 아예 가능한 것인가
화자(話者)의 권력으로
존재조차 구조화되었다.

비명

저자들이
이상주의(理想主義)를
대충 용도폐기하고
정신병동에 처넣더니
20세기에는
살육과 야만만을
세상 그득 남겨두었더라구.

이성의 이름,
합리라는 미명으로
매몰찬 인간 모습만 부각하더니,
그랬더니
그 칼날이 그냥 되돌아와
문명을 마른 장작처럼
고사시키고
싸늘하게 가슴께를 겨누고 있더라구.

환각증폭기

- 2003년 이라크전 전야(全夜)의 기록

연일 칭얼대는 거인국의 방송
평론가, 언론인, 희극인
모두 나와
위대한 거인의 행진을 찬양한다.
우람한 몸짓, 격렬한 언술
기막힌 설득의 교태.
거인국 사람들의 감각을 장악하고
손을 이끈다.

전쟁을 부추기는 방송
눈먼 헌신을 교묘히 자극하는
거대한 트릭이다.
취한 듯 이끌려 가는 사람들
분노와 흥분의 광장으로 스스로
걸어 나가는 사람들
저 기괴한 환각
환각의 파장을 증폭시키는
거인국의 방송

지성(知性)은 눈을 닫고

겁먹은 피의자처럼 입을 다물었다.
스러져가는 자유의 무덤 위로
선제공격론의 망령이 솟아오른다.
폭력, 그 위의 폭력.

폭력이 유일한 해법이라는
으스스한 공포의 환각.
화려한 증폭기를 통해 재생산되면서
역사를 상처투성이 껍데기가 되었다.

현실주의자

현실주의자는 냉철하다.
엄중한 논리가 추상같아
곧잘 훌륭한 무기라 한다.
늘 그런 방식이었다.
20세기의 야만을 통과하며
인간의 조건은 그렇게 주조(鑄造)되었다.
그들은 근엄하게 말한다.
무엇이든 엄중한 현실의 문제라고

그들에게 이상(理想)은
꿈같은 날림이다.
세상물정 하도 몰라
뜬구름 잡는 헛소리라 그랬다.

과묵한 오늘의 표정
그 또한 변심하지 않으랴
도살장엔 살코기가 나부끼고
현실도 육중하게 걸렸으나
야만은 칼날 위로
습관처럼 곤두서

폭력은 일상의 규율이 되었다.
아, 저들의 비관적 몸짓
우울한 상념

보라, 변화를 꿈꾸는 짓은
내일 엿보기의 약속이다.
빈약한 젖가슴으로
풍만한 미래를 꿈꾼다.

두려움

2002년, 서해교전
물빛 바다 위로
젊은이들 핏빛 한 줌 풀려나올 때,

요즘 군인들
왜 그 모양이냐고
한 교수가 나무란다.
현실주의자답게, 엄중하게.
그의 언술 속에는
007 미스터 본드의 활극이나
그린베레의 무용담이 그득 넘친다.
내가 알아야 하는 정치학과
그가 배웠던 정치학은
끝내 토양과 양분이 다른가 보다.

전쟁을 부추기는 지식인들
저 교활한 무모함
그들이 이 땅에만 있으랴
싸워서 이기는 것이 최상의 진리
끝이 보이지 않는 증오

대결과 승리의 환각
무한한 권력의 추구
그것은 곧
권력자를 향한 맹종의 심보
그것은 문명개화론의 고달픈 업보

더 두려운 것은
더욱 두려운 것은
저들의 두려움
저들의 감각을 마비시키는
절대적 공포
권력에 대한 무한의 공포
강자에 대한 절대복종의 공포

은행나무, 이천삼 년 시월

푸름 반(半), 노랑 반(半)
부끄러움 반, 애처러움 반
외침 반, 속삭임 반
흔들리는 소리 반, 춤추는 자태 반

세상 만물은 절반씩 섞여 있다.

진취 반, 고수(固守) 반
진보 반, 보수 반
반대 반, 찬성 반
자긍심 반, 굴욕 반

너와 나, 모든 살아 있는 것들이 결국
변해갈 것은 알지만,
그것만은 변치 못할 진실이겠지만,
황금빛 은행나무는
엉킴의 고통에서 자란다.
지혜는 아픔을 딛고
애절하게 피어나기 때문에

희망 반, 두려움 반
사랑 반, 증오 반
있음 반, 없음 반

모든 것은 순간일 거야
있음 속에서 없음이 시작되고
변신(變身)이 규칙임을 깨닫는 것은,
머지않아
색조차 털어내야 하는 것은.

그리하여 마침내
기쁨도 반, 슬픔도 반

2%의 시대

사람들은 늘 뭔가 부족하다고 해
요것만큼
2% 정도
그 작은 눈금만 채우면
세상은 수분 충분한
촉촉한 정원이 될 것 같아
그렇게들 말하곤 해

나에게 부족한 건
98%
2%의 협량한 공간에만 존재하는 진실
허위의 몸짓으로 채워진 98%
억압과 위선,
작위직 진실이 지배하는 계절
야만과 흉계,
폭력의 이념이 여전히 설쳐대는 문명
깨어나지 못하는 미몽의 세계.

아아,
살다 가면 그뿐

살다 가면 그뿐
내 피부 위로 돋아나는 번민(煩悶)
미래의 세상에도 있을래나

채워다오
여전히 부족한 시대여
희망처럼 늘어선 2%의 진리
반전(反戰)과 평화,
비폭력과 사랑, 그리고
그 차분한 관용
2%의 공간에 공존하는 기다림

조금이라도 채워다오
내 살아가는 생의 나머지 공간에서라도

John in San Francisco
- 동성애자가 된 스승을 뵙다

Dear John,
꽃들이 좌우로 잘 정리되어 있더군
작은 주택들의 담장과 대문을 양옆에 끼고 앉은,
실타래처럼 구불거렸던 언덕에서 말야
현기증이 나진 않았어.
샌프란시스코는 그렇게
적절히 절제된 곳이니까.

별로 많이 늙지도 않았더군, 그댄.
그래도 두터운 안경이 제법
외로워 보였어
막 패이기 시작한 주름이었을까
외로운 안경 때문이었을까
멀리 바다가 언덕까지 솟아오른
미려한 도시 속에서
그대의 미소조차 많이 지쳐 보이더군.

삶이란 새로운 짓을 시험해보는 과정일까
고달플 거야, 아마
늘 새로워야 한다면.

새로움은 늘
소수(小數)가 문 열어가기 때문에

적은 것은 아름다울까
평범하다면 안전할 텐데
그대의 굽은 어깨 위로 넘어간 세월조차
힘겨워 보이더군.

그래도 그대의 자유가 부러웠어
변화는 자유를 향한 집요한 갈구이며
소중한 약속이니
소수인들 어쩌겠나
문명은 여전히 미흡하고
광인(狂人)은 감옥에 갇혔으나
도시 속 외침은
도시 속 메아리로 돌아와
자유는 자꾸만 그렇게
키워내는 것이니
화원에 물 주듯 키워내는 것이니.

세계화시대의 나무

뿌리가 높아질수록
나무는 불안해했다.
가지가 가늘게 떨고 있는 것은
바람의 위협 따위 아니었다.

뿌리가 속살을 내보이려 한 건
최근의 역사였다.
바람이 불기 시작했다고
쉬임없이 잔가지를 흔들고 있다고
두려워하며 외쳐대곤 했다.
그러면서도 뿌리는 바람을 닮아
제법 가벼워지기를 원했다.
나무가 불안해하기 시작했던 것은
그 무렵이었다.

뿌리가 땅 위로 맨몸을 드러내면서
땅 속 그득했던 오랜 관습의 양분들은
황급히 말라가고
나무는 고독해졌다.
몸 위론 가지를 떨고

야윈 뿌리를 어루만지며
나무는 하루 종일 말을 잃었다.

2

나는 왜, 너는 왜

그리움

20세기 후반에도 눈이 내린다.

꼬박 반나절의 하루와 그 나머지의 하루 동안 눈이 내린 다. 행인들은 연신 강아지마냥 싱글거리며 종종걸음으로 떠다닌다. 겨울눈의 작은 조각들이 수은등 조명 속에서 안 개꽃처럼 휘날리다가 이내 어둠의 저편으로 숨어 버렸다. 세상은 곧 익명의 세계가 되고 무명의 계절로 되돌아가 어 둠 속에 화려한 흔적을 남길 것이다.

그리움은 꿈보다 처연하다.
이승의 벼랑 끝에 서 있어도
발 디딜 틈 없는 그리움의 그늘
거미줄 같은 세속의 연(緣)이라 생각하면서도
홀로 선 채 남으라면
질긴 그리움만 남겠네
잠들지 못하여 꿈꾸지 않을 때,
그리움은 곧 흐느낌이다.

나에게 있어 그리움은 무엇인가? 생명의 벌판에 뿌려지 는 씨앗인가? 오랜 상처에서 끝없이 돋아나는 새살 같은 순환의 표상인가? 나를 나에게 피신시키는 퇴화된 관습인

지도 모르겠다. 그 무엇이든 그것은 자유로움을 향해 항상
열려 있는 비상구와 같은 것이다.

  손님같이 꿈속으로 찾아든다면
  가슴 쓸어내리는 그리움도
  가져갈 수 있을까
  지친 눈물의 모습으로
  돌아오게 될지라도.
  내 영혼 속 맑은 샘을 지나
  생명의 끄트머리 이르는 길에
  다가설 수 있을 테니.
  그러므로 꿈꾸는 자태는
  차라리 자랑스럽다.

  늘 이런 눈 쌓인 풍경으로 기억하고 싶다. 묻힌 것, 묻혀
버린 것, 그리고 또 묻어야 할 것. 그리하여 남아 있는 것
은 더 이상 남겨져 있지 않더라도...
  눈은 형언할 수 없는 그리움이다. 그 무엇의 언술로도
그려내지 못하는 비구상(非具象)의 화풍(和風)과도 같은
현란함이다.

도시의 구조물 중간 중간에 작은 평야가 만들어진다. 나는 눈밭 위에 풀썩 쓰러지듯 폭발하고 싶다. 행위와 논변의 잘 정제된 틀을 깨부수면서...

더 이상 절제하지 말고

자제하지 말고

옹졸한 시적(詩的) 기법에 괘념하지 말고

그것이 비록 세속적 저급함이라 곧 후회한다 하더라도. 무엇이든 좋지 않으랴, 자유롭다면. 이 일상의 잘 짜여진 궤적에서 한 걸음, 크게 한 걸음 물러설 수 있다면.

나는 잠들고 싶다.

세속의 뜨락을 건너뛰고

규율과 제도의 옹골진 일상의 벽을 넘어.

내 벌거벗은 영혼의 모습으로

오랜 깊음을 딛고 마침내

제자리로 일어서는

새로운 날의 휘황한 그늘 안에서

그냥 꿈꾸듯 잠들고 싶다.

살을 파는 그리움을 떨치고

꿈꾸듯 꿈꾸듯 함몰한다면

그대는 내 고향 아름다운 섬의 목소리로
성큼 한 걸음 다가설 것이다.

인간이 기억하는 모든 이승의 버릇에는 늘 눈이 내려 있
다. 창백해짐으로써 순결함으로 무장하고자 하는 몸짓인
지도 모르겠다. 누구인들 철저하게 객관적일 수 있으랴.
타인을 향한 관찰이거나, 혹은 자신에 대한 통찰이거나.
사물의 예각을 감추어 버리는 설경(雪景)을 기꺼이 환대
하는 의식에는 늘 그런 탈객관성이 용해되어 있다.

×   ×   ×

나는 더 이상 이런 유(類)의 글을 쓰지 못할지 모른다는
참담한 강박의식이 나를 늘 지배한다. 그리움은 서서히 사
라질 지도 모르므로. 결국 탁류(濁流)의 문명세계만 남아
있게 될 것이므로. 나는 그러한 형상과 제도 속에 혼자 남
겨질지도 모르므로.

불안함은 약속으로부터 비롯된다.
나의 나에 대한,

나의 타인에 대한,

타인의 나에 대한, 그리고

모든 인간들의 또 다른 인간군(人間群)들에 대한 약속 때문에 나는 늘 불안하다.

불안함의 틈새를 뚫고

이렇게 20세기 후반의 일상에 눈이 내렸다. 남겨진 그리움만 홀로 그득하다.

이장기(移葬記)

붉은 황토더미가 속살을 드러낸 채
아버지는 그렇게 뽑혀지고 있었다.
바다는 그날처럼
무덤덤한 침묵 속으로 가라앉아
끝없이 혼절하고 있다.

목숨을 저울질하는
문명의 더미 속에서 간직하였던
묵은 부활의 일지(日誌)가
그리도 쉽게 무너져 내린 날,
세속의 규율은 종교처럼 굳건하여
그리움은 형해(形骸)만을 남기고

영겁 길을 넘나느는
가을손님처럼 아버지는
고향의 포구(浦口)를 떠난다.
풍화 이전의 못다 한 자취를 더듬으며

다시 오는 날이 언제일까
그 의구의 언술이 해체되는 날

윤회의 가파른 벽을 타고
다시 마주할 수 있을까

일상은
늘 편한 방식으로 너부러져
콧잔등 시리는 감성의 무게는
기억 속에서만 일어선다.
눈물 몇 방울
흔쾌히 뿌리지 못하고
황토빛 곡성(哭聲)
한번 내지르지 못한 채
아버지의 고향은
눈물 소리 흥건한
객지로 멀어지고 있었다.

고향생각

그대는 섬
물빛 섬으로 내게 다가와
은빛 향기로움에
내 지친 몸을 떨게 하고
바다 가득히 휴식 같은 음률을
풀어놓곤 하지요.

그대는 교향곡(交響曲)
협화음 그득하게 은빛 비늘처럼
찬란하고 황홀한 아늑함
그물 속에서
선율이 풀려나와
풍요로운 숨소리를
불어넣곤 하지요.

그대는 입맞춤
두드려도 끝내 일어나지 않는
첫사랑의 아련한 추억 같은
미색의 바람
나를 감싸고 휘감아 도는

끝없이 흔들리는 아련한 불빛

유화 한 폭의 규격으로 남겨져
돌아오는 그대
장년의 나에게 물밀듯이
돌아오는 그대

묵은 앨범을 보다

사진 속 풍경에는
시간이 멈춰 있다.
그런대로 그냥 그대로
적절한 방식으로 역사와 어울리면서

사각의 좁은 공간에서
여름바다는 여전히
시리도록 푸르고
눈 덮인 겨울 풍경은
수집된 우표와 같이
가지런하게도 누웠다.

텀벙텀벙
흐린 날 햇살 나듯
시간도 되살고
기억도 돌아와
사진 밖으로 슬며시 걸어 나온다.

중년의 나날은 하구(河口)와 같다.
떠밀리는 추억과 망망한 미지(未知)가

근심스럽게 공존한다.
청년의 고뇌가 강(江)이 되어 흐르더니
이곳 중년까지 매달렸다.

산행(山行)

바다가 그리울 때
산으로 가자

산 위
지상의 꼭짓점으로
한걸음에 다가오는 바다.
그 푸르고 푸른
관용의 너른 평원 안으로
물빛 입자들이
빼곡 채워진
도시의 바다

나뭇가지가 만든 조각틈 사이로
스스럼없이 돋아나는 바다 향기
또한 내 안에서 존재하는 너의 조각
바다 가운데 점으로 획을 긋는
한적한 고깃배
머리 위에 펄럭이는 무수한 깃발

바다가 그리울 땐

산 높이 가자
더 이상 구별은 덧없다
산정에서 만나는 바다
그 너그러운 그리움

나는 도시 속에서 늙어가고
바다는 늘
바닷가에 있었다.

남국(南國)의 새벽

남국(南國)에선
새벽도 손님같이 온다.
수줍게 고개 숙이며
묽은 색조 툭툭 털어 지상에 뿌리면서
그렇게 슬그머니 온다.

질긴 그리움 또한 남국에서는
겨우 숨막히지 않을 요량으로
그윽하고 낮게 깔리고
이곳에선
새벽의 운율이 스스로 조절되어
그리움은 안으로만 삼키게 되어 있었다.

남국까지 흘러온
거룩한 연분이여
이곳저곳
낯선 풍경을 딛고
꿈은 새벽녘 별과 같이 되살아나

나를 무수히 혼절시키는

짧은 인사만 남겨주려 하나니
어차피 그리움은 더 큰 그리움으로 뭉쳐 나와
남국의 일상조차 지배하려 할 때

지구 어느 곳에 산들
그리움조차 잊겠느냐고
바람에 떨며
남국의 도시가 슬며시 깨어나고 있었다.

살아 있는 것에 대하여

관절을 움직이며 행인이 지나간다.
어제도 그랬던 것처럼
필요한 근육의 긴장과 이완을
줄곧 되풀이하면서,
저들에게 있어 신경조직은
늘 기능적이다.
살아 있다는 것은 그러므로,
되돌이표로 시작되는 후렴구였다.
새삼스럽게 의식조차 불필요한
하나의 규율이었다.

땅 위를 그득 메운 행인들
저들의 건조한 목숨을 보라.
건물을 쌓아 올리고
나무를 옮겨 심고
끝없이 자취를 무너뜨리면서
물고기처럼 낮고 분주하게 움직인다.
저것은 연일 이어지는 배고픈 노력이다.

살아있음은 그저

스쳐 지나가는 한 가닥 바람이라고
태연한 자태로
후렴구 입 모아 합창하듯
행인들은 쉴 새 없이 관절을 꼼지락거린다.

나는 살아 있는가
저들의 소용돌이 같은 몸짓 속에서
하나의 파편으로
하나의 기관으로
또 하나의 단위로
근육을 작동시키고
신경을 곤추세우고 있는가.

행인들이 떠난 자리 위로
내 가까운 사람이 나를 떠나려 하던 날
메마른 건초더미에 붙어
꺼져가듯 숨을 내쉬고 있는 목숨을 바라보면서
한 올 인연의 숭고한 세속함과
영구한 인과를 생각하였다.

한 줌 땅 위에 머물러
꼼지락거리는 관절 속에 매달려 있는 생명에
담긴 뜻은 무엇인가
그것은 윤회의 귀퉁이에 접질린 순환의 허망함,
그것은 탄생과 소멸의 위대한 법칙에 대한 끝없는 경외,
그것은 살아 숨쉬고 어우러지는 행위에 대한 한없는 경배.

살아 있는 모든 것에 대하여,
또 그렇게 남겨진 모든 것에 대하여
무엇을 정돈하고
무엇을 차분히 관조할 것인가
이 문명세계의 어떤 광경을
눈여겨봐 두어야 할 것인가
체념해야 할 것은 무엇이며,
약속함으로 확인해야 할 것은 또 무엇인가

행인은 길을 걷고
나는 오후의 어느 지점에 서 있다.

혹은 자유에 관하여

내가 너에게 주려 했던 것이
이처럼 광활한 자유였겠느냐
너가 기필코 확인하려 했던 것도
끝없이 자유였느냐

내가 너에게 그득 담아 주려 했던 것은
단지 아담한 사랑이었을 뿐
너가 나의 몸짓에서 읽어내릴 것은
단지 눈물방울 샘솟는 그리움일 뿐.

구속은 사랑의 기법이 될 수 없고
눈먼 탈출 또한 사랑의 이름이 아니니

너가 알아차릴 수밖에
내가 알아차릴 수밖에

바람은 바다로부터 느릿느릿 움직이고
산은 늘 그곳에서
바다를 보며 서 있었다.

영결축도 (永訣祝禱)

누구에게라도
이렇듯 홀연히 꺼져 버리는
세속의 목숨입니다.
무슨 기억을 남겨 주시렵니까
청롱한 물빛의 삶과
아련한 흔적을 보여 주시련지
다시는 되돌아보지 않을
고뇌 어린 결단을 보이실지

마음대로 하세요
어차피 그곳은 이 땅의 끄트머리 꼭짓점
빗줄기 드세어서
온갖 곳에 장마의 체취 그득하고
또한 범람하듯 넘실대어
바람도 끝내 흩어지고 마는 곳
무얼 남기더라도
의미의 조각이나 주워낼까
의심하는 곳.

그 무엇으로도 꺼지지 않는

업장의 녹지 않는 자취라 할지라도
그래도 끝끝내 무언가 가지시길 원한다면
영겁 길에 무엇을 원하시나요
살랑살랑 하늘거렸던
가을바람 같은 기억인가요
혼자만 품고 있을
새로운 약속인가요

부질없을 겝니다. 어차피
한숨조차 힘겨워
지고가지 못하는 삶
재회의 끈질긴 미련도
부질없을 그곳
세속의 질긴 끈들이 함몰하여
마침내 인연의 줄기마저 어렴풋한 곳

그러니 그냥
비 끝에 펄럭이는 잎새마냥
우두커니 숨죽이거나, 혹은
이 생의 온갖 흔적을 쓸어내려

여름 한나절 위로만 치솟는
한줄기 오묘한 구름이어야 할 겝니다.

변명

사랑밖에 그대에게
해 줄 말이 없다면
그때는 이제 그만
그대를 보내야 할 때.
그대 향한 내 마음엔
그 이상의 말은 없으므로.

아스라한 그리움이라 하더라도
혹은
성욕이나, 육욕(肉慾)이라 하더라도
오로지 사랑밖에 할 말이 없다면
그 이상, 그 이하의 말도 없다면
아린 가슴 후벼내듯
그렇게 끝낼 도리밖에.
그 이상의 말은 도무지
생각할 수 없으므로.

이별에 관한 해제

마침내 나는 하나가 되었다.
늘 그래 왔듯이
그것은 피할 수 없는
업보(業報)와 같은 것이므로

1.

이별이란
내가 나를
나 아닌 것으로부터 절연(絶緣)하여
굳이 이항적(二項的)으로 구별하려 하는 것.
가령 하나의 집요한 생존 법칙인 것처럼
단언컨대
그것은 하나의 규칙이다.
사랑을 입에 달고 있을 때도

2.

이별이란
태생적으로 배태된
하나의 고귀한 원인으로부터 나오는 것.
윤회의 행로에 서서

바람처럼 스쳐 가는 인연
세월의 주름 안쪽에서 자주 행하는
회합의 지루한 연습들
몇 번의 반복이면 무엇하랴
주기적 순환이면 또 무엇하랴
세상에 살갗을 디미는 순간부터
나는 늘 혼자였던걸

3.
이별이란
사회적 관계의 불완전성의 그 전부, 혹은
그 진솔한 생략된 부분.
우리 살아가는 이곳
무엇이 제대로 갖추어져 있으랴
보라
이 세상의 모든 것들이
두 쪽으로 나뉘어
화해할 수 없는 나뉨
완벽한 불완전성이 지배하고 있지 않은가
문명의 초야로부터

종교는 세속을 지배하며
제도는 감성을 딛고 서 있다.
둘은 결코 하나가 되지 못하였다.
무엇이든
합쳐지지 않는 실존
그 엄숙한 긴장과 대립
이별이란 그것의 실체적 모습에 다름 아니다.

4.
이별이란
죽음에 대한 최소한의 자기 책임.
그 숭고한 여행길
고독으로 관찰 학습하며
치열한 고뇌로 배 채우고
처음의 자리로 움직여 나아가는
사전연습일 뿐이다.

바람이 만든 여백

바람은 깊고 푸르다.
몸 떨며 숨쉬는 나무
하늘 가까이 오를수록
푸른빛으로 타오르고 싶어했다.
그리고 곧
침묵이었다.

긴 여백
하늘 밑 공간들이
하나둘씩 비워지고
그 조각난 틈 사이로
푸른 바람이 불었다

이곳은 어디
그곳은 어디

시대는 접혀지고
바람은 끝내 말이 없었다.

끝

영화가 끝나고
관객들은 주섬주섬
자리를 떠날 채비를 한다.
영화 속 드라마는 여전히
찜찜한 뒷이야기를 남겼지만
영화는 그렇게 끝났다고
사람들은 믿기 시작한다.

정확히 마침표를 찍어다오
대체 무엇의 끝은
어디이며 언제인가
매듭으로 끝없이 이어진 인과
그 매듭의 끄트머리에
조롱조롱 달려있는 또 다른 시작
그건 약속이지 않았는가

하염없는 강
거대한 연속
도대체 무엇이 끝났단 말인가

나의 목숨도
또다른 목숨으로
매듭지어진 한 올의 인과
나의 생명은 비개인 오후
어느 외로운 지점에서라도
다시 빚어지고
끝없이 추억되어
살아 숨쉴 것은 아닐지

나는 살아 있는가
이 생의 이 목숨은 누구의 목숨인가
나는 누구를 빚어 왔던가
끝 이후라도
영구히 내가 있음을 더러는
확신케 해다오.

TV는 사랑을 싣고

그대들은 결국 잘도 만나더군요
눈물 그렁그렁
포옹의 몸짓에 그득 얹어서
그간의 이별은 다만
재회를 위한 장식품이었듯이
정해진 하나의 절차였듯이

기쁨의 눈물 속에
확인한 것은 무엇인가요
묵직한 높이로 다가와
이별의 무수한 공간을 채웠던,
그 치열하고도 담담한
세월의 무게였나요, 혹은
사람사는 일의 단순하고도
기묘한 법칙이었나요
그러면서
속절없이 눈물만 앞서가는 까닭은
또 무엇인가요

그대들의 눈물 속에

내 눈물을 담구면
이젠 기억조차 간소해진
내 이별의 흔적이 남더군요.
그대를 보내 버린
세월의 무거운 길이가
고장 난 줄자처럼
길게 늘어져 있을 뿐이지요.

날짜변경선

태평양 상공,
선을 넘고 금을 넘어
이승과 저승 사이처럼
우뚝 선 깃발,
승객들은 도무지 말이 없다.

눈금 위에서 여지없이 부서지는 하루
날짜는 쉬이 사라지고
약속된 부활을 꿈꾼다.

여정(旅程)은 당초의 기획대로 굳건히 남아
초침 넘기는 규칙 때문에
승객들은 꾸준히 나이를 접어가지만,
시간의 빗금은 야무지게
자리 잡고 앉아
빛과 어둠을 경계짓는다.

어둠이라도 좋으니
하루를 벌어다오
구름 계곡 틈으로 흘려버린 시간

내일 또 만날 수 없을지

이 지경에 이르러
시간이란 도무지
갈피잡지 못하는 정치와 같아
자의적 규율로,
전횡의 고고한 법칙으로
존재조차 넘어서는 거룩한 편의(便宜)였다

벌어 둔 시간
금위에 부셨던 시간
하루가 부서지고, 하루가 되살아나면서
도대체 젊어졌던 것인지, 때론 늙어지는 것인지
아, 위대한 이 곳
시간의 솔깃한 선포
모든 것은 역류(逆流)의 진리를 안고 있다.

논문제출시한 일주일 전

월화수목금토일
세월은 잘도 가고,
월화수목금금금
더디가는 몸짓이 쉴 곳조차 없다.

여기는 내 치열한 노동의 현장,
은빛 화면 위에
제 몸을 연신 번득거리는
수직 커서에 눈을 박으면
뇌세포는 온갖 신경마디를 곤추세운다.
논리는 반죽처럼 뒤섞이고
난삽한 개념들이
부적절한 어휘를 타고
별똥별처럼 날아다니다
책상 한 귀퉁이에 곤두박질한다.

시야에 잡히지 않는
천장을 쉴 새 없이 올려다보면
알파벳들이 펼쳐내는
지긋지긋한 군무,

내 노동을 무겁게 짓누르는
문명개화론의 질긴 업장

하루 이틀 사흘
시간은 제대로 접혀가고
사흘 이틀 하루
분침이 넘어가며 천둥소리를 낸다.

입학면접시험

18세의 아이들은 늘 용감하다.
잘 준비된 대사는
매끄러운 바람이 계곡 누비듯 하고
긴장된 힘줄 하나에도 상큼함을 숨기지 않는다.

19세의 아이들은 늘 노련하다.
늙은 수도승의 고해성사처럼
언술은 노회한 방도로 입에서 풀려나오며
삶에 지친 숙연함을 숨기지 않는다.

이 아이들에게 1년은
길고도 먼 다리가 걸쳐진 강과 같다.
그들의 1년에는
삶이 주는 온갖 고통과 진리가
가장 극적인 표정으로 깨어 있었나 보다

나에게 있어 그들의 1년은
오래 전 책갈피에 챙겨두었던
색 바랜 은행잎의 앞뒷면이다.

깨달음 (覺)

내가 푸른 잠에서 깨어날 때는
그윽하고 부드럽게
하늘로 솟구치듯 깨어날 것이다.
새벽길,
꽃잎의 모양대로
훈훈하게 이슬이 맺히고
방울방울 스치는 바람결 따라
이슬 또한 톡톡
소리 내어 떨어지듯
그렇게 애절하게 깨어날 것이다.

세상은 색을 잃고
긴 잠의 밖에 서면,
이윽고 나는
나의 색깔을 벗겨낼 것이니
상념도 고뇌로 뭉쳐 나오지 않고
소풍 길도 서서히 닫혀갈 것이다.
그리하여 슬픔은 바람처럼 불고
기쁨은 갈림길에 선 나그네와 같다.

바람이 만든 여백

바람은 깊고 푸르다.
몸 떨며 숨쉬는 나무
하늘 가까이 오를수록
푸른빛으로 타오르고 싶어 했다.
그리고 곧
침묵이었다.

긴 여백
하늘밑 공간들이
하나 둘씩 비워지고
그 조각난 틈 사이로
푸른 바람이 불었다

이곳은 어디
그곳은 어디

시대는 접혀지고
바람은 끝내 말이 없었다.

3

두터운 눈 속에서
꿈을 꾸었다

겨울강은 빙점 이하의 영토 밑을 흐른다

강변,
공간의 입자들이 세월 틈틈이 얼어붙어
작은 토담집 담벽에도
계절의 깊은 상흔을 남긴다.
미끄러운 세상을 옆에 끼고
겨울강은 밑으로만 흐른다.

강 위론 결빙된 세계
남겨둘 것은 늘 차분히 남겨두고
겨울강(江)은 빙점 이하의 영토 밑을 흐른다.
더 이상 분출하지 않고
더 이상 잠들지 않고
강은 그렇게 도시를 향해
느릿느릿 움직인다.

문명의 틈새를 흐르는 강,
겨울 강의 언저리에서
토할 듯 신음하면서,
반나절의 여유조차 당황해하며
일상의 편린을 붙들고 나를 보았다.

기막힌 겨울세계가 이처럼 협소하여 나조차 발 디딜 틈이 없다. 불현듯 그런 사실을 자각하였다. 나는 나의 세계가 늘 풍요롭고 너무나 광활하여 오히려 그것 때문에 고독할 수밖에 없다고 믿었다. 널따란 지평의 끝에 우뚝 선 성안에서 내내 안주하여 누구도 나를 훔치지 못하고 나는 자족 속에서 안으로만 깊이 가라앉아 있다고 생각하였다. 그런데 나는 누구인가? 돌아보면 이 거대한 문명세계에 끼워진 한 톨의 부속으로, 육중한 기기의 끝에 매달려 있는 작디작은 흔적이지 않은가? 누구에게도 나 자신을 내어 주길 거부함으로써, 내보여 줄 수 없음으로써 나는 오히려 그렇게 작아져 있었던 것이다. 나의 세계는 애초부터 존재하지 않았는지도 모른다. 그러므로 그것은 자만 속에 배태되어 있던 절망이었다. 동결하는 강변에서 빛바랜 나의 목숨을 보았다.

　나는 나에게 묻노니
　해빙기의 어느 지점에서 홀연히
　부활할 것인가
　이 세상 남아있는 어떤 생명과의
　뜨거운 접속을 통해
　나는 다시 살아남을 것인가

작은 준비를 갖추고
목마름 그득한 세상으로
나를 보낸다.
돌아올 수 없음을 알면서,
겨울 속으로 침하하는
일상의 흔적,
저 무수한 익명의 세월

새로운 기다림을 위해
겨울 강은 빙토의 인내를 노래한다.

비 내리는 오후, 세상을 얼싸안고

비가 내리면,
우리 사는 땅 위로 비가 내리면
안과 밖, 특별히 구분 없이
내 몸의 세포들이 소리치며 일어나
비 뿌리는 하늘을 향해
부드럽게 각을 세운다.

수분이 땅을 쓰다듬고
사랑하듯 붓질하기 시작할 때
세상은 이윽고
물기 가득한 정원이 되고 말아

내가 이렇게라도 깨어있는 것은
다만 비 때문,
나 아직까지 깨어있는 것은
빗줄기에서 묻어 나오는
사랑 때문,

세상이 그나마 세상답게 아름다운 곳이라면
그 황홀한 까닭은,

인간 오류들의 위대한 행진 또한
우리 살아있는 동안 내내 포기 말고
울면서 용서해야 하는 까닭은
그나마 비 때문,
빗물이 우려내는 사랑 때문.

이렇게만 살게 해 다오
비 오는 세상풍경
가슴 뛰며 구경하듯이
토닥토닥
나를 두드려
늘 깨어 있게 해다오.

너의 끝에 내가 이를 때까지

하늘은 구름을 이끌고 있다.
너른 품안에 뭉실뭉실
그득 담아 넣고
한 방울, 한 올
섣불리 흩어지지 않게
숙연하게 이끌고 있다.

만물의 색깔은 하나,
세상의 꼭짓점에 이르러
하늘과 구름
무엇으로 구별하랴
천상(天上) 최고의 색조는
넘치는 황홀감으로 존재해왔다.
땅 위의 색깔은
길 옆 표지로 만났던
한가로운 일상의 여유였다.

그러므로 느낌으로
이끌어다오, 벅차게.
너가 나를 끌고

내가 너의 끝에 이를 때까지
푸르렀던 빛도 버리고
솜 같은 흰빛도 버리고
이윽고 투명 속으로 창백해져
황홀한 하나 되어 솟아오를 때까지.

남국(南國)의 비(雨)

아, 여기서도 만나는구나
새벽녘 종소리처럼 울리는 빗방울이여
빗방울이 용맹스러워질수록
대지는 부드러워지고
그리움이 갈라놓은 지상의 거리만큼
충분하고도 천천히
비가 내린다.

해안을 따라 모래들이 길게 빗겨지고
잘 데워진 남양(南洋)의 물결들이
각기 다양한 표정을 하고
뭍으로 몰려올 때,
그리하여 바람은 촉촉하게 익고
남국 마을의 인심은
그윽하게 젖어간다.

땅 위로 곤두서는 빗줄기, 거기엔
그리움의 방도조차 푸근하게 내장되어 있어
그저 눈만 감더라도
단지 손만 얹더라도

가슴에는 시대를 용서하려는
관용의 향기가 열린다.

진실은 내가 알고 있다
사랑을 얻는 것이 세상을 얻는 것,
비 젖은 남국은 사랑의 영토
기다림은 가녀린 행복이다.

남국(南國)의 바다

이곳에선
작은 것조차 매우 풍성하다
공장을 올리고
다리를 놓기 시작하면서
우리가 잃어간 작은 것들이
이곳에서는
단순한 어법이거나
매우 순수한 자태로
차분하게 넘친다.

세상은 바다의 입자들로 그득하고
이곳저곳 하늘의 색조를
안지 않은 것이 없으므로
바다조차 하늘의 빛을 담아낸다.
그러니 푸르른 밝음조차 넘치도록 풍성하다.

바다와 하늘이 만나
보란 듯이 사랑을 나누고
때론 물이 되어 땅을 적실 때라도
푸르디푸른 색깔이 되어 땅을 적신다.

사랑이 푸른 이유는 여기에 있다.

세상의 온갖 물기가 여기저기
사랑의 열병처럼 넘쳐날 때
풍요로운 열기
청량한 바람이 실어가는
그리움조차 지나치게 풍성하여
감성이 언술을 유혹하고
그 나머지를 압도한다.

작은 눈물만이 그 기나긴 연유를
알고 있을 뿐이다.

태평양 상공, 이름 모를 구름을 만나서

구름의 푸근한 곡선(曲線) 사이로
위대하게 펼쳐진 숲이 있었다
하늘 안에서 하늘과 더불어
널찍하게 자리 잡아
스스로 하늘처럼 푸르러지는
숲이 있었다.

쟁쟁하게 퍼지는 새소리
무수한 향기
그득한 바람
바람 속에 익어가는 맑은 이슬처럼
새록새록 돋아나는
그대 향한 기억도 있었다.

숲을 만드는 구름과
숲 사이로 끝없이 솟아나는 정념과
그리고 푸르고 푸르러
종잇장처럼 창백해진 하늘
모두 너의 것
그 또한 나의 것

내가 가져다 줄 수 있는 건
나를 감싸는 온건한 구름
눈 쌓인 숲과 같이 풍요롭게
하늘을 닮은 구름, 그리고
소박하고 모진
재회를 위한 기원

자유론

나의 자유(自由)가
너의 자유를 만나
마침내 하늘이 되었다
넓고 푸르른 까닭으로
오히려 빈틈이 없는
하늘이 되었다.

새처럼 높이 떠 있든
내 몸 가까이 풀처럼 누워
나지막하게 깔리든
하늘은 자유의 색조로 만들어 진 것,
선율을 세상에 얹고
묵향(墨香)처럼 번져나는 향기로 덮을 때
자유는 또한
푸근한 관용이 되었다.

자유로 빚어진 하늘이
그리움의 입자로
틈 없이 채워지면
8월의 나무처럼

풍성해지듯 짙어져
위로만 줄곧
솟아오르는 것이었다.

차(茶)를 내리며

사랑의 실천을 위해
차(茶)를 내린다

포말(泡沫)의 간주(間奏)도 없이
눈물처럼 뚝뚝 떨어지는
저 무수한 사랑의 향내

그대 안으로 한 걸음
풍족한 자태로 나를 보내니
차 속에 녹인 그간의 그리움도
함께 저어 보내니,

이 한 잔의 차(茶),
아련한 추억의 귀퉁이로 닳아질 때까지
차 내리는 마음처럼
사랑 또한 이렇게
그댈 향한 빗물처럼
떨어지고 말 것이니

사랑, 1:00 a.m.

첫 잔은
작은 바람의 일렁임에도
숲 속에서 비를 만들어내는
우리의 갈망을 위하여,
그 순간의 조율과 장엄한 환각(幻覺)을 위하여.

또 한 잔은
창백한 영혼의 꼭짓점으로 솟아오르는
우리의 목마름을 위하여,
그 끝없는 혼절을 위하여.

그리고 한 잔은
침잠(沈潛)하는 생명의 몸짓 속에
녹아 있는 영겁(永劫)을 위하여,
그 은빛 세계의 눈부심을 위하여.

마지막 한 잔은
처연한 일상을 다시 짐 져야 하는
세속의 태연함을 위하여,
그렇게 되돌아오는 윤회(輪廻)의 역사를 위하여.

하늘은 세상을 적신다

그곳의 하늘 또한
그리움의 붓질로 그려낸 것인지
구름이 하늘과 사랑하듯 가까워지면
는개의 입자되어
천천히 세상을 적시려 할 것이니

숨결
바람결
그곳은 하늘 향기로 그득한 세상
두터운 솜결처럼
불어도 불어도 흩어지지 않을
구름같이 산다면
풍성해진 그런 사랑으로 산다면

비워두게
구름 언덕 뒤편
채워야 할 것은 이미 정해두었다네
처음부터
하늘이 그리움의 숨결로 만들어질 때부터
느릿느릿 바람이

하늘을 빗질했을 무렵부터

그러므로 고운 하늘 물결
눈빛조차 떨리는 그윽한 손짓
이윽고 땅위로 수분되어 내릴
하늘의 숨결되리니...

새벽노래

맑은 새벽이여, 오라
새들도
미인처럼 잠들어 있는 이곳
바람조차 깨어나지 않는
때 이른 공간을 비틀고
새벽이여, 먼저 오라

꽃들의 열정으로
봄날 대지가 춤추듯
지축을 울리며 오라
작은 부끄럼 없이
사랑하는 모든 것,
부시시 눈뜨며 일어나게 하는 날
그날
새 장(章)을 이윽고 열어 주듯
그렇게
성큼성큼
초인(草人)의 발걸음으로 오라

재회 1

그대가 강(江)이 되어 돌아오면
봄날 정오
은실 가득히 빛나는
도시의 강이 되어
숨죽인 채 흐느끼며 돌아온다면,

어제는 잊은 듯 태연한 몸짓으로
척박한 시적(詩的) 상상(想像)에도
더 이상 고뇌하지 않을 거요.
바위 그늘 속 웅크려 돌아앉아
한낱 꽃이 되어 있더라도

그대가 흐느끼듯 바람이 되어
뜰 안에 머문다면
세월의 끄트머리에 매달려
풍경(風磬)처럼 조각져서
머리 헝클어진 바람이 되어
마침내 내 뜨락에 서성인다면,

자취 없는 세월의 그림자 안으로

나를 한껏 버려 둘 참이오.
봄향기에 취해 끝내
눈맞춤하지 않더라도
옷매무새 가다듬고
기억을 핥으며 홀연히 떠나더라도

그러므로 우리가 다시 만나는 일이란
물빛 그득하여 발 디딜 곳 없는
새벽녘의 어둠 같은 것

봄볕 초롱하게 돋아나는
연두빛 잎새에서
지난겨울 함몰했던
우리네 생명의 몸짓을 확인하는 일

풍요로운 꿈길이 다하기 전
긴 겨울잠의 흔적들을 붙들어
매어두는 일.

그러므로 우리가 다시 만나는 날이란

끈질긴 인연의 줄기 속에 녹아있는
목마름이 채워지는 날

순간의 움직임에서도
고귀한 영원을 포착하여
기쁘게 눈물 흘리는 날

업장의 고리를 잘라내고
하늘을 향해 나부끼는
자유로움의 해방으로 돌아가는 날

재회 2

이제
따스한 봄날이 되어 돌아오시게
햇살 가득 머금은
웃음과 함께
남몰래 꾸며둔 꽃길을 따라

열정은
겨울벌판 위에서
아득했던 기억처럼 휘날리고,
기억 속에서
아름다운 형상을 되살리는 그대
홀연히 재생하는 은빛 계절

먼 지상의 꼭짓점에서 비롯되어
평범한 수면까지
줄곧 그대를 휘감았던
황홀한 바람
녹지 않는 속삭임
그것은 봄날로 되돌아오는
눈부신 약속

부활의 부적을 안고
성큼성큼
불꽃같은 봄볕으로 들어오시게
오실 때에는
설원 위의 오아시스
물빛 오아시스 속에서 꿈꾸었던
청량한 그리움도
함께 가져오시게

북극성을 보면

북극성을 떠난 천 년 전의 빛
마침내 내 눈에 이르러
별빛으로 박힌다.
길게 늘어진 파장
명멸(明滅)의 간극 사이로
앞 다투어 내게 날아온 빛이여

빛은 시간을 타고 내려오고
시간 또한 빛을 타고 다가온다.

각각의 나이를 담고
지상에 내려앉는 빛
내 안에선 모든 것이 순간이며, 또
숨죽인 영원이라

사랑에 취한 세상의 모든 이들
서로에게
가장 황홀한 빛으로 박히니
빛으로 존재하는 그대
시간의 앞뒤 다툼 뛰어넘고

또 뛰어넘어
영원히 존재하며
그 또한 침묵하는 순간일거라

내 안의 모든 빛과
시종(始終)없는 시간과
저 위대한 우주와, 그리고
숭고한 사랑으로 장식한 그대
모두 하나 되어 존재하나니

아버지의 바다

이곳에선 바다가
강처럼 흐른다

물결은 열병(熱病)처럼 열(列)을 지어
물을 덮고
안개 속에선
고깃배가 꼬리에 선을 매달고
풀려 나온다

섬
그 뒤의 섬
세상 살아가는 숱한 지혜와
혹은 지혜이상의 인내,
작은 흔적이 되어
바다 밑으로 뿌리를 내렸다

관용은 늘
넓고 푸르게 널리고
뭍에서 흘러나온 열기조차
하늘빛으로 품어야 할 때

아버지는 그윽한 눈빛으로
시대를 용서하였다

이곳에선 사랑도
강처럼 흐른다
낮은 곳으로
더 낮은 곳으로
고운 뻘이 되어 세상을 채운다

강변노래

문명의 전시물을 지나면
곧 적요(寂寥)의 세계,
산란한 불빛들을
제 몸 위로 부수고
남은 파편, 온 몸에 가득 담아내면서
강(江)은 하구(河口)를 향한다.

자정이전의 세계에서도
강은 흐르는가,
세속의 영토를 교묘히 비켜가면서
깊은 영혼의 계곡을 굽이돌아 지나면
어둠 속에서 제 몸이 맑아지는
바다가 있다.

가자
가자
무원(無願)의 세상으로,
스스로 걸러내고
스스로 맑아져
더 이상 갈증조차 없는 그곳

고적(孤寂)한 다리에는
시간이 걸려 있다.
오늘의 흔적과 내일의 희구(希求)가
다리 난간 위에서 만날 때
아물지 못한 기억들은
밤마다 불끈불끈 일어서곤 했다.

안면도 (安眠島) 에 가면

안면도에서
바다를 마실 때는
몇 모금으로 나누어 마셔야 한다.
그러면 자유는
해안선을 따라 천천히 길어지고
사랑 또한 바람의 숨결을 닮아
용감해진다.

길게 누워
편히 잠들게 해다오
섬의 체형대로 사랑을 나누고
바다소리를 베고 누워
와인처럼 검붉게 물들려 하나니

그리하여 도시 속 그대는
쉽게 잠들지 못하리
그리움은
누군가 깨어 있음으로
비로소 별이 되는 것이니
밤새 창을 핥아 가는 바람처럼

몸을 떨며 눈 떠 있어야 한다.

깨어 있는 그리움으로
그대 입 속의 바다 같은 사랑으로
우여곡절의 문명을
용서하려 하나니
우리 살아갈 동안만이라도
용서하고 싶으니

안면도에선
관용의 애절함도
해안의 곡선이 풀려 간대로
유연하고도 풍부하게
널려 있음을 알겠다.

우기(雨期)

오라,
곱고도 아름다운 자태로
나를 그득 적셔다오
고운 빗물이
떨리는 향기로 세상을 적시듯
너의 손짓 때문에
더욱 위대해진
나의 작은 세계를
풍부하게 적시게
오라

그러면
그것은 세상의 시작
수분이 넘쳐 꽃이 피듯
너의 물기로
나 역시 부끄럽게 피어오르려 하나니

그러면 내가 피어
꽃이 되어도
시들지 않는

너의 꽃으로 남아 있도록
영원히 나를 적시라

나의 몸에서 물방울 되어
뚝뚝 떨어질 때까지
풍요롭고 향긋한
수분의 향기로
충분히 적셔다오

조명

무대 위
조명이 만들어 내는 뚜렷한 명암
화려한 빛과 침묵하는 그늘
눈에 익은 것은
빛 속에서 빛을 받아
빛나는 것들
그 안에서 안주해온 위대한 관성
여전히 침묵하는 것은
그늘 속 세상
목마름의 생명

이제 여기를 비추렴
그대가 비춰왔던 진리의
뚜렷한 윤곽
그 관습과 도리
이제 충분히 알게 되었으니
이제 그늘로 하여 말하게 하라.
침묵 안에 숨었던 것들
빛 안으로 천천히 걸어 나올 수 있도록

인간이 작동시키는 제도
빛나는 기계적 장치
다수의 합의라는 이름으로 자라온
법률적 엄밀함
그 합리에 취해
미쳐 눈길가지 않았던
작디작은 것들
그 위를 비추렴
너의 환한 미소의 조명으로.

천천히
아주 천천히라도
세상으로 걸어 나오렴.

세상을 바꾸는 힘

시동을 걸고
자동차가 열을 받기 시작하면서
본네트 위의 얼음조각이 녹기 시작한다.
겨울 햇볕은 차창 안까지 몰려와
조각조각 내려앉는다.
본네트 위의 작은 얼음조각들을 녹이는 것이
자동차 열 때문인지
제법 따스한 겨울 햇볕 때문인지
알지 못한다.
열량 분석에 서툰 우리가 무엇을 말하랴

얼음이 조각되고
액화되면서
세상은 조금씩 온화해신다.
더디지만
더디 가는 발걸음이지만
세상은 같은 지점에 멈춰 있기를 거부해 왔다.
그것이
애달프게 숨겨 왔던 은은한 사랑 때문인지
가까스로 창안하여 작동시켜 온 제도 때문인지

우리는 모른다.
인문학에조차 서툰 우리가 무엇을 말하랴

더딘 발걸음,
몇 줄기 가느다란 따스함으로
얼음조각이 된 눈들이
세상 안으로 조금씩 흘러내린다.

평화학 강의 1

아이들은 내 입에 귀를 모은다.
"전쟁은 마음속에서 생겼고, 그러므로
해법도 마음에 있다"고 강변한다.

그 해법이 구체적으로 무엇인지 나는 모른다.
그저 막연히
관용일 것이라고, 혹은
사랑일 것이라고 통찰한다.

관용과 사랑,
무책임한 해법이 아닐까
지독한 이성과 가치중립적 논변을
종교처럼 디미는
20세기 사회과학적 관점에서.
낡디낡은 일지(日誌)같은
저 거룩한 지식의 틀 안에서는

그럼에도 아이들은 눈을 반짝이며
여전히 귀를 모은다.

평화로운 미래로의 예지,
이것은 나 자신에 대한 교화였다.
몇 학기가 지나면서
평화주의자가 된 것은
오히려 나였다.

평화학 강의 2

아이들은 존 레논을 좋아한다.
내가 슬그머니 유혹하였다.
우리들에 있어 그의 노랫말은
중요한 교육적 함의를 지니고 있으므로

맑디맑은 얼굴의 아이들은
순수하고 천진하여
쉽게 감동받는다.
암울한 폭력의 끝에 이르러
절망의 벼랑 끝에 서 있을 때
평화는 실낱같은 바람으로 올 것이라는
기막힌 절규를 들으며
초롱한 눈 뒤에 눈물을 감춘다.

아직도 꿈꾸는 저들로써
문명과 세상의 조명이
조금은 밝아질 것이다.
그들이 일궈내는 맑은 물에
발 담그고 살아볼 날 있을까

평화학 강의 3

존 레논의 'Imagine'을 얘기하며
꿈꾸는 자가
꿈꾸듯
꿈을 가진 자들에게 설교한다.

나는 꿈꾸는 내가 혼자가 아님을 알지만
(I'm not the only one)

우리 아이들이 나에게 다가와 있음을 알지만
(I hope someday you will join us)

두려운 것은
늘 냉소하는 아이들이다.

평화학 강의 4

수 년 전 아이들
교실 밖으로 보낸 아이들
여전히 평화주의자로 남아 있을까

그렇게 총명하던 이쁜 눈빛
추억으로라도 간직하고 있을까
꼬깃꼬깃 종이 접어 책 속에 넣어두었을까
이제는 툴툴 먼지 털 듯 다 잊었을까

채 다 버리지 못하여
아직도 가늘게 눈뜨고 세상을 보고 있느냐
참담한 문명의 바퀴에 끼어
냉철한 현실주의로 가장하며 사느냐

20대 초반에 나에게 보여주었던
그 놀라운 열정과 신념으로 살아가렴
평화로운 세상을 열어가는
툭툭 발자국 찍어가렴
나도 너희 덕에
좋은 세상에 한번 살다 가고 싶다.

평화학 강의 5

떨리는 메모지엔 손때가 그득하다
아이들 발표시간은 긴장의 바다
수줍음과 용기의 잔치
위대하고 거룩한 아마추어리즘

아이들의 진지함에는 평화가 묻어 있다.
아이들의 어눌함에도 평화가 묻어 있다.
나는 알고 있다.
그들이 꿈꾸는 세상이
나의 그것과 다르지 않음을

팀별 발표는 그들을 교화시킨다.
강의가 나를 교육시키듯.
간혹
졸음을 못견뎌하는 아이들의 무거운 눈꺼풀에도
평화가 내려와 앉아 있다.

평화학 강의 6

그 해 겨울
학기가 겨울의 문턱에 다가서면서
강의종료시간과 어둠이 만났다.
어둠 속으로 아이들이 총총 사라지고
나는 잰걸음으로 일상으로 되돌아오곤 했다.

아이들아,
강의실에서 나누었던 감동
오래 간직하거라
혹은 잠시만이라도
학교 길 내려가는 동안만이라도
버스를 타고 가는 동안만이라도

어둠이 있어 길이 더욱 빛나듯
야만의 세계에서
가로등처럼 속삭이는 사랑의 목소리가
너희들의 입술을 움직일 수 있다면

나는 문명의 버거운 일과로 돌아와
너희와 나누었던 황홀한 느낌

내가 너무 빨리 잊는 것 같아
오히려 내가 늘 미안했다.

자존(自尊)의 국제정치
- 2002년 광화문 대미 촛불시위의 삽화

촛불
촛불
반딧불
휘황한 은하의 성단(星團)

시작은 늘 작은 물줄기에서 비롯되니
작은 것들이 또 작은 것들과
손을 맞잡고
어우러지며
스스로 빛을 내는 강을 이룬다.

칼과 무기만이
유일한 방도로 존재한다고 믿는
국제정치에
이렇게 앳된 인간의 얼굴이
고개를 들었다.
아이의 얼굴
맑은 아이들의 초롱한 얼굴
그들의 고사리 손 안으로
불꽃을 내며 밝혀지는

자존(自尊)의 얼굴이
타국(他國)을 만난다.
꺾여지지 않으려는 듯
눈물로써
결연하게 만난다.

누가 이것을 위험한 감상(感想)이라 말하랴
누가 이들을
어리숙한 민중이라 말하랴

국가가 스스로 주인 되고자 하는 권리
그것은 그냥 주어진 것이 아니라
팔 뻗음으로써 구해지는 것
눈물로써 찾아지는 것
관계 속에서 확보하는 것

촛불
반딧불
반딧불
맑은 영혼들이 역사를 만든다.

꿈꾸는 평화

평화,
아름다운 꽃잎.
하나가 여럿 속에서
다시 하나를 만드는
완결의 미학

평화,
애틋한 그리움.
척박한 문명 속에서
혼자서 키가 크는
황홀한 부드러움

평화,
코끝 시큰한 소망.
눈물과 눈물사이
꿈을 담은 듯
스스로 꽃을 피우는 기도(祈禱)

그러므로 평화는
색 깊은 돌담

돌담 사이로 흐르는 아늑한 바람
사랑,
사람,
모두 이웃하여 살았다.
평화는 이런 기회를 가져야 한다.

「꿈꾸는 평화」 - 자평(自評)의 변(辯)

끊임없는 단상들이 꼬리를 물며 우리를 괴롭히는 시대다. 작은 조각에서부터 거대한 전체에 이르기까지 번뇌의 단초가 되지 않는 것이 없다. 문명이라는 이름의 관습과 제도 속에서 우리는 어떤 모습으로 살아가고 있는가. 인간의 인간에 대한, 집단의 또 다른 집단에 대한 증오와 폭력은 어느덧 하나의 습관처럼 우리를 지배하고 있다. 이에 대해 비명소리조차 제대로 내고 있는지, 꿈꾸어야 할 어떤 아름다운 대상마저 점차 희미해지고 있는 세상은 아닌지… 이 책은 이런 단상들이 내지르는 비명이다.

전쟁과 폭력이 일상사처럼 군림해온 국제정치현상을 탐구하면서, 20세기적 탐구방식을 주로 지배해 왔던 지식의 틀에 대해 한번쯤 진지하게 고민해보고 싶었다. 사실 그것은 학문의 길을 선택하면서 가지게 되었던 오랜 숙제 같은 것이기도 했다. 국제정치학의 현실주의 담론이 과도하게 우리의 인식세계를 포박하고 있는 세상에 대해, 폭력의 도착증에 매몰되어 있는 문명의 현실을 자못 진지하게 성찰해 보고 싶었다.

문명이나 국가의 일도 결국 인간의 문제라는 것을 어렴

풋하게 알게 되면서 그것을 풀어낼 방법을 고민하였다. 문제의 본질에 관한 철학적 지식도 해박하게 갖추지 못한 터라 맹렬한 접근은 엄두도 내지 못했다. 그저 가슴 속에서 응어리져 도사리고 있었던 것은 애절한 감상 뿐 이었다. 이것이 감히 시(詩) 형식을 빌려 소리 내고자 했던 연유였다. 문학연구와 시작(詩作)을 주(主)전공으로 하시는 분들께는 참으로 송구스런 점이다.

단상조차 뒤죽박죽이라 책의 주제가 일관되게 정돈되어 있는지조차 자신이 없다. 굳이 고백하자면 책은 세 부분으로 구성하였다. "강가에 앉아 세상 풍경을 보면"이라는 섹션에서는 국제정치를 비롯하여 오늘날 문명의 현장에 나타나 있는 다양한 모순과 그것을 재생산시키는 지식과 인식문제를 짚고 싶었다. 두 번째, "나는 왜, 너는 왜"에서는 살아가면서 가슴을 짓누르고 있는 인간사의 문제, 이를테면 죽음과 이별에 관한 단상들을 심어두었다. 마지막 세번째 섹션, "두터운 눈 속에서 꿈을 꾸었다"는 이 시대가 가져야 할 나름의 해답을 노래하고 싶었다. 인간의 인간에 대한 사랑, 위대한 관용, 그리고 그것의 끝에 희망처럼 매달려 있는 "평화"를 꿈꾸고 싶었다. 인간의 사랑과 애절한 그리움에 대한 나의 독백이 국제정치학자가 펴낸 시집이라는 다소 생소한 규격에 의해 묻히지 않기를 바랄 뿐이다. 시집 출판을 결심했을 무렵의 작은 바람이다. 평화주의자, 낭만주의자, 이상주의자라는 자기고백조차 움츠려들게 만드는 험한 세상의 한 귀퉁이에서 살면서, "꿈꾸는" 일만은 포기하고 싶지 않는 지식인의 애절하고 초라한 비명쯤으로 봐줬으면 한다. (「진리·자유」 52호 2004년 봄, 68쪽)

내가 읽은 "꿈꾸는 평화"

　　언제부턴가 학자들 사이에는 학문적 구획과 경계를 정하고 다른 분야와의 교류나 대화조차 거부하는 묘한 분위기가 생겨났다. 인간과 사회를 이해해야하는 공통적인 목적이 있음에도 불구하고 전문화라는 미명하에 다른 분야와의 접촉은 저어하고 결국은 자기들끼리만 대화에 몰두하는 이상하고 나쁜 풍조가 생겨났다.

　　20세기를 거치면서 정치학이라는 학문영역에는 국내정치분야건 국제정치분야건 무덤덤한 숫자들과 창백한 이론만이 난무하는 경향을 보여 왔다. 정치학을 비롯, 사회과학에서 인간의 모습을 찾기란 참으로 어려운 일이 되었다. "꿈꾸는 평화"는 이러한 풍조에 대한 도전이며 자기 학문에 대한 번민의 결과로서 읽혀진다. 이러한 번민을 가장 잘 압축시켜 보여주는 시는 (적어도 나에게는) "비평"(35쪽)이다.

　　"저자들이 / 이상주의를 / 대충 용도폐기하고 / 정신병동에 처넣더니 / 20세기에는 / 살육과 야만만을 / 세상 그득 남겨 두었더라구. // 이성의 이름, / 합리라는 미명으로 / 매몰찬 인간 모습만 부각하더니, / 그랬더니 / 그 칼날이 그냥 되돌아와 / 문명을 마른 장작처럼 / 고사시키고 / 싸늘하게 가슴께를 겨누고 있더라구."

  문명과 야만의 경계에서 해매는 인간들에게 21세기는, 아니 미래는 조금은 다른 모습이어야 한다고 얘기하는 것조차 조심스러워지는 이 세상에서 이 시집의 저자의 전공인 국제정치학의 모습은 어떠해야하는 것일까? 차가운 이성과 자기이익추구만이 용인되다고 믿어온 국제정치의 현장에서 열정, 이상, 역사성, 더 나아가서는 감성과 예술성과 詩心이라는 '용도 폐기된' 가치를 복원시키려는 몸부림으로 이 시집이 보여 지는 것은 나만의 착각인가? 이러한 가치들이 결여된 채 살아간다면 우리는 우리의 직업과 삶이 실제로 추구해야하는 많은 소중한 것을 잃고 살아가는 것은 아닐지. (「진리·자유」 52호 2004년 봄, 69쪽)

                강규형 (명지대학교 교양학부 교수, 역사학)

4

다시 꿈꾸는 평화

다시 꿈꾸는 평화를 펴내며…

첫 시집 『꿈꾸는 평화』를 펴낸 것이 벌써 십 년도 넘은 일이다. 시집 출판은 오랫동안 미뤄뒀던 과제를 제출한 기분이기도 했지만, 사실 치기(稚氣) 또한 없지 않았다. 겸연쩍은 대답을 해야 할 때마다 '나이가 들어 부끄러움이 사라진 탓'이라는 궁색한 변명을 하곤 했다.

부끄러움이 점차 옅어지면서 간혹 국제정치학 수업시간에 나의 시를 학생들에게 읽어주곤 했다. 현상의 복잡한 기괴함이나 각종 이론들의 잔재가 남기는 헛헛함을 설명하려 할 때, 시는 나름의 효력이 있었다. 모순이나 비관적 시선이 더 위력을 발휘하는 것처럼 느껴질 때, 미래에 관한 희망과 열망을 대변할 수 있는 것은 시만큼 좋은 것은 없어 보였다. 내가 찾았던 시적 감성 통로가 정치학을 통한 세상관찰이나 학습에도 효과가 있으리라고 믿었다. 『꿈꾸는 평화』가 중고서점에서도 자취를 감췄다는 힐난을 들은 후에 복간을 하기로 결심했다. 기왕 복간을 하는 김에 못난 세상 관찰기 몇 편을 후속작으로 더 보탰다. 꿈꾸는 평화 1.5 정도가 되지 싶다.

다시 펴내는 꿈꾸는 평화다. '다시' 펴내는 것에 방점이 있는 것이 아니라, '다시 꿈꾸는' 것에 나의 뜻이 있다. 십년이 지나도 여전히 꿈을 꿔야 하는 대상이 평화라는 사실에는 변함이 없다. 어쩌면 평화는 더 위태로워졌고, 희망은 더욱 희미하게 가물거린다. 미래를 꿈꾸는 일은 어제도 내일도 여전히 서글픈 작업임을 고백해야 한다. 세상이 희망대로 변하지 않는 것은 이 시대만의 탓은 아닐 것이다.

지난 10년 동안 정치학자의 시를 흥미롭게 읽어준 동료 교수들과 나의 학생들의 순수한 열정에 대해 고마움을 다시 전하고 싶다. 복간 작업을 맡아준 출판 오래의 황인욱 사장님과 디자인 팀에게 감사의 뜻을 전한다.

2015년 2월

기내(機內)에서 비빔밥을 맛있게 먹은 이유

우리는 가난한 기지촌(基地村) 지식인
지적(知的) 본류(本流)
제국(帝國)으로 향하는 날

제국의 독기(毒氣)로 품어 나오는 지식에는
대책 없이 압도당하며
기지촌 주민에겐 다소 거만하게 군림해온 행각.
그것은 기지촌 지식인의
생존의 방도.
모멸감은 더러
월경주기처럼 엄습하곤 했다.

우리 머리의 절반은 저열한 세계화,
나머지 절반은 눈물 젖은 비평이다
순응도 운명이며
저항도 운명이라
19세기 끝난 지 이미 오래,
기지촌 번뇌는 끝이 없다

제국의 시대,

권력은 지식의 끝에 여지없이 묻어 나온다.
두려움도 운명, 결국
극복도 운명

21세기 제국의 메마른 영토로 들어가는 날,
모국(母國)의 양지바른 땅에서 키워진
선도(鮮度) 빛나는 몇 점 야채와
적당한 체온으로 속살을 드러낸
조국(祖國)의 백반(白飯)과
기지촌 지식인의 하염없는 고민
끝내 내주지 못할 것 같은 자존심
모두 고루 섞어
맛나게 먹는다.

시대를 눈물 나게 먹어치우는 방법은
바로 그것이었다.

「거짓말」¹⁾의 정치학

와이가 제이를 때린다.
제이도 와이를 때린다.
그들은 서로 사랑한다고 속삭인다.
굵은 반점을 재차 확인해 가며
눈물 그득
사랑을 나눈다.

권력이 사람을 때린다.
'사랑하는 국민 여러분~' 은
온갖 전희(前戲)의 주문(呪文)과 같다.
국민들은 맞고 사는 일에
너무 흡족하고 너무 익숙해졌다.
스스로 길을 그리 만들어 놓고
오랜 관습이라며
해맑고 멍청한 웃음을 짓는다.
얻어맞으면서도 때론
불안해한다.
사랑이라 믿기 때문,
더 뜨거운 사랑을 원하기 때문이다.

권력의 매는
맵고도 달콤하게 장치되어 있다.
저 자들에 의해 누군가는
늘 맞을 채비를 갖춘다.
때리는 자들도
맞는 자들도
그것이 안락한 방도라고 굳게 믿는다.

정치학이 키득키득 웃는다.

---

1) 2000년 개봉된 한국영화. 장선우 감독, 이상현, 김태연 주연

북구 (北歐) 의 새벽

상트페테르부르크의 새벽,
야간열차의 여행이 끝난 곳에
비가 내린다.

북구(北歐)의 질척한 대지 위로
껍질 채 얹히는 비,
땅처럼 흐느끼는 여인의 눈물.
이것은 아스라한 혁명의 후주곡(後奏曲),
사랑의 떫은 후희(後戲)다.

혁명군의 절규는 대지에 묻히고
에필로그 생략한 수필처럼
아물지 못한 흔적들만 그득 넘친다.

그리하여 20대 아가씨의
잘 빠진 장딴지 위로
질감 있게 흐르는
자본주의의 윤기가
도대체 거칠 것이 없다.

상트페테르부르크의 새벽에는
고궁의 화려한 자태와
제법 습한 추억들이 처연하게 어울려
반나절 구경거리를
충분하고도 충분하게 남겨놓았다.

굴형지론[2] 비판 유감

이 땅에 스며든 피의 흔적은
질기고도 모질다.
역사의 여기저기
능욕의 흔적이 가득했다.
상처받을 때마다
차가운 피가 배었다.

이곳 사람들은
상처도 무력한 자신 때문이라 자학(自虐)한다.
그럴 때마다 상처가 덧났다.
피해자의 자탄(自歎)이 어지럽게 춤을 추면서
가해자의 해명은 자취를 감췄다.
기억이 뒤틀리고
힘의 숭배가 종교가 되었다.

그래도 살아남아야 하다.

가련한 새우가 아니라
영민한 돌고래가 되어
모질게 살아남고 싶다.

날렵한 자태로
무섭고 우둔한 자들과 비벼대면서,

두려워 이빨을 드러낼 것이 아니라
생각으로 유혹해야 하는데,
그래야 이 거친 세상을 겨우 살 수 있는데,

힘 논리가 주술(呪術)처럼
스스로 번식하는 세계에선
희망도 비전도
도대체 용기를 갖기 어렵다.
묵은 두려움이 때도 없이
고개를 쳐들어
가운데 서려는 선언조차
멸시의 대상으로 전락한다.

오늘은 저물고 내일이 온다.
이겨내야 하리라.
못난 기억이 지배하는 곳에서
새로운 꿈을 꿀 수 있으리라.

희망은

상처투성이 여기서 시작하고 싶다.

두려움은 감히 마음의 일,

뒤틀린 기억을 딛고

넉넉한 미래를 상상하고 싶다.

---

2) 2005년, 우리 정부가 발표했던 '동북아 균형자론'은 언론과 학계
로부터 온갖 힐난을 들었다. 힘이 부족한 한국에게 균형자가 가당
키나 한 일이냐는 질타가 주를 이루었다. 사실 동북아 균형자론의
핵심은 동북아 평화질서 구축과정에 한국이 건설적으로 일조하
겠다는 의지의 표명이었다. 이 지역에서 또 다시 대립질서가 만들
어 지면 한반도가 일차적 희생자가 될 것이고, 한국 외교가 기동
할 수 있는 공간이 협소해질 것이라는 우려가 동북아 균형자론 주
장의 배경이었다.

세력균형론
- 구성주의적 해제

우리가 언제쯤 같아질까?
혹여 너와 나의 무게가 같아진다면
얼굴을 부비며 사랑하게 될까?
아니라면 젊은 부부 사랑 싸움질 하듯
그렇게 다투게 될까?
홀로 비밀을 갖고 싶은 유혹은 생겨나지 않을까?

사랑을 잴 수 없듯이
숨겨진 힘을 잴 길이 없다.
저울 위 눈금은 부수어진지 이미 오래,
고장 난 저울 위에서
알아차릴 수 있는 것은
어떤 것도 없다.
어느 편이 기울고
어떻게 같아지는지
무엇을 알 수 있으랴.

결국 창(矛)과 방패(盾)같은 기괴함 아니더냐.
창과 방패가 만나는 방식도
모두 사람 마음의 일이다.

같아져야 한다는 주술도
같아지면 다툼이 사라질 것이라는 믿음도
다 사람 머릿속의 일이다.
모순의 방정식도 그런 것이다.
사람들이 그렇게 말해왔을 뿐이다.

지정학(地政學) 유감

땅(地)은 자연의 생각
정치(政)는 사람의 일이다.

나무와 땅, 강들은
줄곧 평화롭게 어울렸는데
바다 또한 늘 의젓한데,
사람들 머릿속은 온통 다툼뿐이다.

사람들은 말을 하지 않는
땅과 바다 위에
욕망의 덫을 씌우고
다툼을 부추겼다.
그것을 땅(大陸)과 물(海洋)의 세력다툼이라 불렀다.

사람들이 땅과 바다가 맞닿은 곳에서
크게 다툴 때 마다
땅에서는 신음소리가 났다.
바다 또한 우는 소리를 낸다.
사람들이 이 땅과 바다를 사랑한 것이 맞느냐

땅과 바다가 화해할 일이 아니다.
의젓한 땅(地)과 못난 사람(政)이 화해해야 할 일이다.

노란 배
- 2014년 5월 시청 앞 광장

속절없이 배가 가라앉은 후
침묵이 먼지처럼
우리들 심장으로 가라앉았다.
말을 하지 않은 것은
'그대로 있어라' 는 그따위 명령 때문은 아니었다.
하고픈 말은 가슴 속에서 터지지만
단어들을 생각할 힘이 빠져 나갔기 때문이다.
기괴하게 비틀린 괴물을 타박할
한숨조차 메스껍기 때문이다.

사람들은 말대신
단어대신
노란 배를 시청 앞 잔디위에 띄웠다.

너희들은 가라앉지 말라고
대꾸 한마디도 못한 채
우리 눈앞에서 사라져갔듯
가라앉아서는 안 된다고
파란 땅 위에
노란 배 가득 띄웠다.

간판

이마에 온갖 바-코드를
문신처럼 박아 붙이고
사람들이 만난다.
바-코드가 바-코드를 보며 인사한다.

사람은 누구에게나
타인이다.
타인이 타인을 만나는 세상에서
서로 눈길을 주고받는 것은
검은 세로금이
비 내리듯 쏟아지는 바-코드다.
굵은 세로금 하나에 허영과
얇은 세로금 둘에 욕망이
열병하는 군인처럼 늘어서 있다.
학식조차 껍데기 같은 검은 비가 되었고
마침내 세상을 이끌지 못한다.
순결한 명예는 비밀처럼 은신하고
흐르는 물들조차 앞을 다툰다.

무한경쟁이
권력처럼 군림하는 세상에서
사람들은 모두
쇼윈도에 진열된 상품들이다.
바-코드를 뒤집어 붙인들
이 퇴락한 문명이 변심하랴.

진지전(陣地戰)
- 이론적으로 치열하고 조신한 페미니스트를 위한 헌사(獻辭)

나의 친구는
자신이 주저앉은 자리에서
앉은뱅이처럼 외친다.
여기가 최적의 공격지점이라고.

사방 두터운 벽은 포대기와 같다.
이곳에는 늘 짜릿한 유혹이 넘친다.
때론 실바람 불 듯
번민 또한 춤추듯 넘실대나
제법 안전한 곳
제법 타당한 곳
더 나아가지도, 그런다고
퇴각 또한 어려워진 지점에 머물러
자신을 무수히 독려한다.
'공격은 내일 이 시간부터야.'

진지 밖 세상
황홀하게 꿈꾸다
겁먹은 강아지처럼 두렵게
소리 내어 울며

침 삼키듯 외친다.
'이곳은 최상의 공격지점이야.'

아무도 그에게 진격 명령을 내리지 않는다.
그의 행복,
그의 불안,
저울 속 손사래 짓 같은 팽팽한 긴장.
그의 진지 속에는 온갖 개념들이
협화음(協和音)처럼 충분하다.

깨어있는 시민

깨어있음은
생각을 끊지 않고 있다는 것이다.
누군가 깨어 있어
눈을 뜨고
사람의 길,
세상의 얼굴을 지켜봐야 한다면
나는 그것이 나이고 싶다.

그대가 점점 지치고
생각하는 힘을 잃어갈 때
두려움으로 꿈이 옅어질 때
눈과 입을 닫고 침묵하려 할 때
자유의 문을 걸어 잠그려 할 때

나는 깨어
생각을 끊지 않고
그리움도 끊지 않고
희망도 미래도
소중한 일임을 알리고 싶다.

사람 사는 일이란
자유가 힘겹게 일어나는 일임을
혼자라도 줄곧 깨어 있음으로
확인하고 싶다.
나조차 생각을 끊으면
이 세상 모든 사상은
거기서 끝나는 것이다.